도망칠 수 없다면,

지혜사랑 264

도망칠 수 없다면,

김새하

지혜

시인의 말

방금 사람이 된 유니콘처럼

여백없는 어설픔을 가진 슬픔이

가장 많이 생각하는 것은

고양이처럼 껴안아야 하는

나의 시 나의 사랑

잊기 위해, 또

너의 손에 두기 위해

땅을 처음 만나는 발바닥이 남기는

발자국을 묵묵히, 그리하였다

차례

1부

2부

3부

4부

1부

아힘사*

활을 누가 먼저 들었든가
화살이 떠난 활엔 상처가 남지 않는다
상처는 온전히 과녁의 몫
활은 과녁의 상처에 아무런 책임이 없다

서로 생리대를 빌려주고
연애편지 보여주던 날이 옅어지기 시작한다

"미안하다는 말도 연고가 되지 못할 때가 있으니 넣어두렴"
아물지 않은 상처에서 흉터를 지우라는 재촉
더 깊이 후벼 파면서 넌 어딜 보고 있니

눈치 빠른 아이야
네가 볼 수 없는 네 눈동자를 내가 보고 있단다

비명만큼 가늘어진 공명의 속삭임
비워진 주전자에 채워지는 빗소리
목 조를 손을 준비하는 작곡이 시작된 것을 숨긴 우리

감아버린 눈이 철길을 걷는 동안
잃어버린 거짓말을 찾으러 간다

>

거기에 네가 쪼그리고 있을까

* 생물에 대한 비폭력·불살생·동정

육식주의자를 위한 변명

구름으로 채워진 위 속에 양이 뛰어다녀요

토끼는 귀를 잡고 들어 올리지 말라고 했던 할아버지는
마당에서 목이 졸려 죽었어요
토끼의 목덜미를 움켜쥔 손이 따뜻해지면 토끼는 양이 될
수 있을까요

양은 탈이 없어 늑대를 잡으려는 소원이 있고
늑대는 양탈이 많아 한두 개쯤 걸치고 앙탈 부리는 양이
었다가 자신이 늑대인 것을 잊기도 해요

양이 꽃을 뜯어먹을 때 늑대는 향기를 맡기도 하죠
그러니 속아 넘어가도 됩니다

착한 늑대는 얼마쯤 양일까요

잠 안 오는 밤엔 양을 한 마리씩 꺼내요
온 방에 양이 뛰어다니면 잠이 오고 늑대는 오지 않아요

잠든 후에 양이 탈을 벗고 늑대가 되어도
내게 들키지 않을 늑대라서 나는 모르고 나는 괜찮아요

환상인 것처럼,

가끔 봐야 하는 사진을
자주 꺼내보는 당신은
유자차 속 레몬 한 스푼처럼 섞이는
나, 입니다

자몽 알들이 찻잔 바닥에서 더 붉은 것은
떠나온 곳의 태양을 당신이 가렸기 때문이죠
보고 싶다
말하지 않는 것으로 어른이 되어가는 하루
입니다

손가락을 넓게 벌려 사이를 만질 수 있게 해 주세요
나와 다른, 특히 생각이 다르지만
우린 같은 착각 속에서 살자는 메시지입니다

머리가 반으로 나뉘어 시야가 좁아진 날엔
다음을 삼키지 못합니다

혹시나가 역시나로 끝나도
그만큼의 하루를 살아냈다는 뜻이니까
크게 손해 볼 건 없죠

\>

나, 이고 싶은 당신의

나조차

환상이라고 누군가 말해도

그것은 우리의 손가락입니다

그러니 깨우지 마세요, 제 환상입니다

달의 귀

프리뮬라 나르시스 핌퍼낼 콜레우스
찻잔 바뀔 때마다 다른 꽃이 피어났으니

비가 와도 흔들리지 않는 꽃은 검지가 고리 만들 때 기울어집니다

한참을 들여다봤을 서류가 만든 키 큰 모퉁이를 빼곡히 메운 어둠은 당신을 통과시키지 않은지 오래되었어요
만성이 된 어둠이 내려앉은 사진에서 나는 냄새가 허기를 느낍니다

숫자가 태어나는 속도로 누운 볼펜에서 손바닥이 흘러내리고
오른손이 오른손을 잡고 어깨를 지나 왼쪽에서 만난 얼굴에는 편두통을 닦아내는 입술을 심어요

왼손이 왼손을 잡는 것은 등에 붙은 가슴과 프리뮬라 나르시스 핌퍼낼 콜레우스로 만든 꽃다발이 비상구를 만드는 일입니다

누런 핏줄이 투덜거리는 밤을 견디며 괜찮다는 말을 괜찮지 않다고 듣는 고장 난 귀를 가진 달의 마법에 걸렸어요

>

겨울 선인장, 사막을 걸어 본 지 오래되었습니다
그에게도 틈, 창문으로 보이는 달빛이 필요할 겁니다

케이크를 먹는 이유

촛불을 켜고 노래가 끝나면 케이크는 다시 상자 안으로 들어가죠 나는 으깨진 토마토와 살짝 덜 익은 계란이 만든 국물을 마셔야 해요 화성을 쪼아 먹고 목메게 우는 새를 봤나요 기억을 둘둘 말아 수레에 싣고 가면 허리가 뒤로 휘어 늘어지는 만큼 울죠 우리의 자세는 가로와 세로로 만나지만 비는 언제 내릴지 몰라요 구름에서 솟구쳐 오르는 비는 케이크의 촛불 같아요 비를 보고도 메마른 노래를 할 수 있나요 때론 걷기 내내 장마일 수도 있고요 우산을 샀다가 양산을 사곤 했는데 우양산을 사는 법을 알았어요 감사하게도 큰비는 가끔 오네요

창문을 조금만 열어 빗소리를 주워요 누구 하나 깨어있지 않은 밤엔 당신을 만나러 갈 거예요 케이크를 먹은 사람이 당신도 아니고 나는 더더욱 아니지만 상관하지 않기로 해요 나는 지금 당신이 들어 있는 상자를 열고 있어요 상자가 열리는 시간과 조건의 규칙을 찾기 위해 눈을 부릅뜨고 있지만 속 모를 일이네요 겉은 제대로 아는 걸까요 목 아픈 새가 멈춘 울음이 추억으로 아름다워지진 않았으면 좋겠어요 생일은 또 돌아오잖아요

시소

올라가기보다
내려오기 쉬운 날엔
발톱으로 모래를 긁어요
내려오기보다
올라가기 좋은 날엔
하늘에 네모 구멍을 만들죠

네모
구멍 안에는 다락방이 있고
다락방엔 오빠와의 동그란 비밀이 있어요
탁자와 쿠션이 있고 구름을 끓여 커피를 내렸죠
다락방에서 내려다보는 바다는 보라색이에요
군소들이 춤추는 바다는 아이덴티티가 자라요
허벅지만 하죠

시소를 타고 올라가기 좋은 날엔
보라색 하늘에서 하얀 물고기 떼를 만나요
다이빙하면 한꺼번에
궤적을 그리며 숲으로 도망가요
숲을 지나온 오빠의 손에는
언제나 새와 스타 애플이 들려있죠

\>

다락방에서 쿠션을 베고 커피를 마셔요
로열 밀크티는 주문이 안 되지만
스타 애플이 반짝거리면 새가 노래하고
바다소리가 들려와요

시소를 타기 좋은 날엔 오빠와 다락방에서
발톱으로 바닥을 긁어요
오빠와 내가

뚜껑별꽃

요정은 뚜껑별꽃을 꺾어 사람들에게 다가갔다
이 꽃 이름이 뭔지 아니. 뚜껑별꽃이야
왜 뚜껑별꽃인지 알고 있니. 뚜껑 달린 별이라서일까
별꽃을 처음 보는 사람들이 모여들었다
힘껏 기지개를 켜며 몸통을 늘리던 고양이도 가슴을 내밀
고 앉는다

요정은 별꽃이 없으면 이야기를 시작하지 못하거나 사람
들이 가버릴까 봐 쉴 새 없이 별꽃을 흔들어 보이며 별꽃의
이야기를 한다 고양이가 앞발에 침을 묻혀 얼굴을 닦았다
(이 때의 고양이는 뚜껑별꽃이 아니었다)

별꽃은 잘린 발목을 잡고 비명을 질렀지만
점점 더 반짝일 뿐
고양이가 야옹 울었다 꽃처럼 야옹야옹 울었다

요정은 더 신나서 이야기했고 더 심하게 흔들었다
별꽃은 혼절했고 그때야 요정은 손에 묻은 초록 피와 별
꽃을 보았다
고양이는 흰 꼬리 속으로 사라졌다

요정은 별가루를 뿌리며 울었고 별가루가 쌓인 하늘에 구

멍을 파고 별꽃을 심어주었다 사람들은 눈물 대신 별가루를 흘리는 이유를 물었고 그때부터 요정의 이야기를 하기 시작했다

먼 옛날부터여서 이야기는 아주 오래 계속될 예정이다

요정의 이야기

민들레 홀씨를 날려 보내는 요정이 꽃잎을 떼어먹는 요정에게 이야기한다 언젠가 흰 동백꽃 속에 사는 사슴을 만나러 갈 거라고. 그곳에 앉아 나비가 부르는 노래에 맞춰 날개를 비비면 물고기가 날아올라 비늘로 별을 만들 거라고. 내가 혹시 돌아오는 길을 잃어도 몇 년 전에 심어놓은 재스민 향기를 따라 돌아올 수 있을 거니까 아무 걱정하지 말라고

우린 다시 만날 수밖에 없기에 나는 말할 필요가 없었고 그래서 민들레 홀씨를 불고 나무가 자라는 소리를 자장가 삼을 수 있었다고. 아기코끼리가 어른 코끼리가 되는 정도는 엄마 기린이 아기 기린을 돌아보는 정도의 짧은 시간이라고. 눈은 녹지 않아 노을에 계속 물들 수 있으니까 나는 외롭지 않다고

하늘을 가장 크게 한 바퀴 도느라 늦어지는 너를 기다리며 풀밭에 엎드린 나는 홀씨가 땅속으로 들어가는 것을 지켜보는 것이 즐거웠다고. 아침에는 아침에 피는 꽃의 소리를 귀에 걸고 저녁에는 저녁에 피는 꽃의 소리를 귀에 걸고 너를 기다리는 일은 나에게 아주 쉬운 일이라고

태양이 다가오면 휘어지는 나무의 이야기를 들어주다 보면 바람이 흘려놓은 그림자를 어디에서 주워야 하는지 알

수 있어서 가끔 그곳에 너의 흔적이 편지처럼 적혀 있기도
하다고. 가끔은 달이 먼저 너를 보았다는 거짓말을 적어 놔
서 내 날개 안으로 들어가 울기도 하지만 나의 울음소리에
급하게 돌아오는 바람을 따라 비가 내리기도 해서 네가 젖
을까 봐 울 수가 없다고

창문이 견딘 이유

세면장에서 비누를 질기게 갉아먹는 생쥐
바닥을 기어 다니는 개미떼

가르랑 거리는 소리는
화장대를 딛고 쌓아 놓은 빈 상자를 지나
창틀을 딛고 선다

어느 날의 밤까지만 해도 J는 쾅쾅거리는 소리에
머리가 아프다고 집 안을 서성였었다
숲 속처럼 고요한 내 눈 속으로
도망가고 싶다고 눈빛을 맞췄었다

J는 물속으로 꽃잎 속으로
아니면 단지 아주 먼 곳으로

부드러운 가슴털에 손을 묻으면
새소리와 눈이 오는 소리가 들린다고
했었다 그렇게 사라진 J

하늘과 지상 어디에도 속하지 못하고
창틀에 앉아 있는 고양이 한 마리
위자료로 받은 도시 풍경을 함께 볼

누군가를 기다리는 것으로
밤낮을 채우며 창문을 흔든다

지루하게 날리는 털들도 고양이가 되어
창문 앞에 모여든다

학림도

조그만 섬이
손을 잡을 수 있다는 공문서를 받았다
외롭게 떠 있는 섬이 아니게 되고
바라만 보던 입장을 변경하고

기다림의 끝이 있을 줄 몰랐지만
짐작 못한 일이 벌어지는 것은
일 년에 두어 번 오는 태풍보다 설렌다

잡히지 않는 물고기를 잡지 못할 거라 생각하면서 잡고
있는 일
운동화를 걱정하면서 파도 가까이 발을 옮기는 일
섬에서 차 빼달라는 전화를 받는 일

바지락이 띄엄띄엄 박혀있다
하나 또 하나 둘 셋

갈매기의 눈을 펜 가로등이 빛을 흘릴 때
귀를 막은 이어폰
호주머니에 찌른 손
까딱거리는 머리
흔들리는 어깨

＞
걸음만큼 멀어지는
노래처럼 흩어지는
끊임없이 잊어야 하는 소리들

밤바다 사진 속 네 개의 불빛
비슷한 위치에 비슷한 크기지만
둘은 꺼지고 켜지기를 반복하고
둘은 새벽만 기다린다
둘은 배를 기다리고
둘은 길을 비춘다

바다 건너 바다로
기다림에 끝이 있다는 소식이 온다

마카롱

좀처럼 익숙해지지 않는 시작은 서툰 시작
여러 번 구워 봤음에도 마카롱은 계속 습기를 머금고

책으로 배운 마카롱을 구워내는 날
장인의 마카롱을 예약한 네가
따뜻한 이불속에서도 추운
몸 한 덩어리 위를 지나간다

나는 나를 여러 번 말하고
나는 나를 여러 번 *끄고*
어깨에 턱을 묻고
너의 발을 나로 바꾸고 있다

거품은 매일 죽어가면서 부푸는 법을 배운다
페이지마다 나의 실수들이 적혀있을 뿐
이야기는 시작하지 못하고 기포는 여전히 터지고 있다
저승의 판결문 같은 서평이 있을까 봐
넘기던 책을 놓고 짤주머니에 몸을 구겨 넣으면 변성이
시작된다

별빛으로는 밤이 밝아지지 않아
가끔 무덤이 되는 별빛과 듣지 않는 귀를 볼 수 있는 눈이

남겨졌다

　당신이 앉았던 자리가 나를 바라보는 일은 좀처럼 익숙해
지지 않는다

꽃이 피기 위해

다른 숲에 살면서
같은 말을 하는 사람들을 본 적 있나요
아마 비가 내리는 이유일 겁니다

거기 서 있었죠 붉은 석류나무처럼
말소리가 들리지 않을 만큼 멀지만
눈에서 석류가 톡 터지는 향기가 났습니다
잡아 본 손도
안아 본 몸뚱이도 없었지요

석류는 두 번 세 번 새로 열렸지만
나는 여전히 그 자리에 서 있고
듣고 싶은 귀와 말하고 싶은 입이
의자를 들고 벌서는 아이처럼 위태롭습니다

서먹한 눈물로는 그네를 맬 수 없었습니다
고요한 석양은 흔들림 없이 나를 베고
어둠 속으로 깨져버리네요

사랑한다고 말하지 못해 내 몸을 소파에
소파에 던져놓은 물건에는 꽃이 피지 않아요
아프다면 살아있는 것이겠지요

후회하지 않는다면 그것으로 됐습니다

오늘 비가 참 많이 옵니다

2부

아레스

흙을 만들 때 신은 알고 있었을까

투명한 벽에 동그라미를 그리는 사람은 가장 소중한 것을
훔치러 온 도둑이었죠
백마를 채찍질하는 나팔소리와 죽은 화살이 만든 파도는
여왕의 긴 머리가 바람을 잡을 때도 바람을 가르고 있어요
빛이 피와 함께 쏟아지는 날, 에메랄드 바다는 흰모래를
숨기고 얼굴을 검게 칠해요

공중을 가르는 무릎과 바닥을 떠난 발로 소리 없는 당신
을 더듬는 것은 종을 치는 일처럼 명확하지만 잡을 수는 없
어요

춤을 청하는 손은 겨울밤 난롯가에 앉은 것처럼 따뜻해서
고양이는 빨간 털실을 굴리는 그림을 그리고 야옹 해야 하
는데 손은 어디 있나요

그릇에 담긴 흰모래가 에메랄드로 변하길 기도하다 들켰
어요
당신이 내 방에 들어오면 난 어쩔 수 없군요
불빛 없이 키스할 수 있는 건 뱃속에서부터 부른 노래이
기 때문이에요

저녁을 초대하는 일은 숲 속에서 시작되고 옷을 벗는 건 전쟁의 처음과 끝을 알리는 신호예요 아레스
정령이 흘린 눈물을 담을 그릇을 주세요 눈물은 고드름이 되는군요 창인 가요

뚫어지게 쳐다보면 연기가 흩어지는 속도만큼 심장은 빠르게 뛰어요
정확하게 돌아오는 칼끝을 보았나요 순수함은 가장 큰 무기예요

꿈은 언제나 푸른 밤을 보여줬고 오늘은 내일을 사랑한다고 말하죠
불꽃을 피워 올릴 땐 모든 가치를 걸어야 했고 나는 재가 되었어요

당신이 떨어뜨린 숲을 주워 바다에 심어요 아레스

피부 기묘증

엄마는 도망쳤고
아빠는 엄마로부터 도망쳤다
언덕 뒤를 따라간 엄마의 반대편으로 노를 저었다
가슴은 밋밋해 건조한 바람에 쉽게 말랐다

나무를 심고 물을 주고 싶었다 아빠는 강물을 가르고 우
리를 심었다 강에 자라는 여자들을 차례로 심었다
아무도 싹이 되지 못했다 싹이 자라 거름을 먹고 열매를
내놓길 바랬다 그런 일은 너무 먼 곳에서 일어나는 일,

강은 더 빠르게 우리를 데리고 다녔다 지독한 입술은 봄
날 아지랑이 마냥 흔들렸다
아빠는 옷장 만드는 일을 했다 우린 옷이 없어 무늬를 입
고 강물을 피부에 새겼다
밤마다 강물 위에서 흔들리는 잠을 그린다 엄마의 뒷모습
이 흐려지고 아빠의 눈동자가 우릴 보고 있다
보고 있지 않다

강물, 오늘은 얼마만큼 울까
별을 뭉개 물감을 준비한다
나무에 물을 주고 그늘에서 낮잠 잘 때쯤 멈출까
재주 없는 우리가 기묘한 묘기 하나를 가진 밤부터 손톱

은 자라기를 멈추고 엄마를 닮은 지문이 지워진다

　당연한 낮이 없고
　아무렇지 않은 밤은 더더욱 없다
　우리에겐
　어쩌면 나에겐

별이 빛나는 밤에

상트페테르부르크 오래된 서점 풍경만큼 비를 맞고 싱싱한 커피 냄새가 난다 피의 사원으로 가는 길엔 행위예술 중인 까마귀 동전을 물고 눈썹이 긴 여자가 바람에 날리는 빠삐용 치마와 네바강을 거닐 때 심장을 짜낸 비트가 출렁거리며 외치는 이름. 달을 찾느라 검은 물속의 푸른 눈을 뜨는 백야. 차이콥스키 음악은 배 위 바람을 맞고 옛날에 받았던 편지는 아침을 만난 가로등이 된다

푸른 밤을 보는 깃발과 검은 밤을 보는 등대는 다리를 보며 잠긴 생각과 하얀 하늘을 걷는다

행복을 만드는 사람은 안경을 고쳐 쓰고 내시경을 들여다보는 찢어질 듯 팽팽한 창자다
망치를 때리는 두개골 소리는 흰색과 검은색이 반복되는 얼룩무늬
버킷리스트를 꿈꾸고 침을 삼키다 사레에 들리는 일은 심심찮게 목젖을 때린다

혼자라고 해놓고 항상 혼자가 아닌 것과 혼자가 아니지만 항상 혼자인 별이 빛나는 밤에*

이제 어디가

어디 가긴 출근해야지
팔리지 않는 집과 백야를 보내던 구멍 난 주머니
TV를 켜 논 채 들었던 잠을 깨우는 방의 오로라 같은 커튼
정년퇴직을 꿈꾸는 남자가
밤새 돌아간 선풍기에 휴식을 주고
축축한 출근 도장을 찍는다
엘리베이터를 호출합니다 하향 엘리베이터가 도착합니다
여행을 끝내는 것은 잘리지 않는 거리에 셔터를 내리는 것
우린 아직 사랑이구나

* 고흐의 그림

청새치 한 마리

밤이 불어나 베란다 창문을 밀어댄다
괜찮냐는 물음에
토해 놓은 것은 아름답다고 말할 자신이 없다
아직 토하지 마라

망설임에도 불구하고
밤은 창문을 먹고 나의 영역에 발을 디딘다
꼭 쥔 리모컨
놔도 괜찮다는 쉬운 말을 손가락이 결리도록 듣고 있다

두 발을 쿵 굴러 밤 속으로 뛰어들면 나의 집엔
밤이 밀려들어 청새치가 살기 시작하고
나는 뷰가 좋다는 찬사를 듣게 해 준
산을 향해 뛰어가는 소녀처럼 헤엄치기 시작한다

입고 있는 따뜻한 것은 콜록콜록 감기가 되고
통하지 않는 피에게
더 이상 어길 약속을 주지 않고 생리를 그만둔다

핏줄을 물고 앉아 있는 창은 친구일까 적일까

손바닥을 간지럽히던 청새치는

내가 누울 뱃속을 가질 만큼 자라나
일렁거리는 밤을 누비며 은행 이자를 걱정할 것이다
땡… 납기일이 도래하였습니다

불빛으로 별을 대신하는 날에도
청새치는 자라고 있다

사치

변명으로 하는 양치질은
겨울바람에 너무 말린 오징어처럼 질기다

평균대를 걷던 아이를 보낸 곳은
손으로 만질 수 없는 장난감 가득한 나라
휘청거리는 흔적을 섞어 바른 흉터가
거대한 강처럼 말라버렸다

우물에 빠져 뒤집어진 채 맴맴 우는
매미의 물음이나 주운 아이에게
겨울에 부는 칼바람 이야기는
눈꺼풀 도려내고 잠을 청하는 거인의 아픔 같은 것

어머니에게 함께 가자는 아버지
적막에 괄호를 치는 나

밤마다 어깨를 흔드는 아버지의 비뚤어진 입술에
반창고를 붙여 균형을 맞추면
도망가도 된다는 허락을 받고 싶다

되물을 곳 없이 태어난 나와
물음을 지워야 하루를 버티는 나는
제 그림자 안에서만 누울 수 있는 무기수

고등어

달동네 사거리 새벽을 씹고
바람을 뱉어 낸다

새벽 같은 아침
셔터문 조금 올린 오리걸음
가슴엔 사과 두 알 안고
교복 치마 움켜쥐고
부식가게에서 여고생이 나온다

　손님들이 고등어를 잘라 달라고 하면 오금에 치마를 끼운 채 엄마가 갈아놓은 칼을 엄마처럼 잡는다 아가미 가까이 칼을 갖다 대고 목을 잘라도 고등어는 눈 한번 껌벅거리지 않고 자고 있다

　조용히 속을 잃는다

고등어가 바다로 돌아가는 밤
여고생은 끈끈이에 붙은 파리를 세며 잠든다

시멘트 블록 담 너머 그들마저 잠들면
엄지손가락이 가진 아가미의 기억이 깨어난다

\>

일단, 바다를 찾으러 가자

찬 바람은 고등어를 굽지 못한다

새벽이면

　새벽을 약으로 복용하다 의존증이 생겼다
　새벽보다 먼저 출근한 고양이가 불 꺼진 일터에 웅크린다
　견디는 시간엔 호랑이 가죽을 뒤집어쓰고 포효하는 배는
텅 비었다

　고양이 발에도 땀이 납니까
　발바닥 벗겨지게 뛰어도 먹이는 부족한데 뻥 뜯긴 날엔
빈손
　뽑아낸 피 담아 굶주린 식구 앞에 내민다
　"사냥을 하는 거예요 마는 거예요 호랑인 줄 알았더니 고
양이야 우린 다른 가장을 찾아 떠날 거예요"

　시간을 밀고 올라온 계단 위 집엔 들어가는 문이 죽어버
렸어
　제발 누가 문 좀 열어줘 열쇠는 구겨지고 사냥은 남 좋은
일이 되어가고
　왜 그런지는 알 수 없고

　도끼도 필요 없는 작은 머리를 쪼개 하얗게 질린 골을 마
지막으로 내놓을까
　까칠한 혓바닥으로 핥으면 전율 속에 설 수 있을 것 같다

>

　주저앉은 다리로 늙은 호랑이 가죽을 메고 어둠을 열고
집을 나서는 습관성 새벽 고양이

　그림자가 차버린 빈 깡통이 운다, 미안하다

당신의 개

낭만주의라서
아이스크림을 먹고 있는 책을 덮었어요
사라진 강에 개가 떠내려가요
저 개가 당신 개인가요?

테이블 위 널브러진 머리 고기는 제 것이에요
개가 먹어버리는군요
나는 내 생각을 먹고 눈물을 토하며
별과 당신의 우산을 노래할 거예요
당신은 듣지 않는군요

개가 물었다고요
머리 고기를 다 먹고 나를 먹고 싶었나 봐요
꼬리가 자동으로 흔들리므로
손해배상 청구는 거절한다는 당신
개가 물어도 개 탓도 당신 탓도 아니군요

지나가는 행인도 개조심 표지판 아래
쭈그러진 나와 그림자
검은 그림자가 싫다며 휙 떼 버리고 들어가는 당신
개와 당신의 집은 바닥도 천정도 없지만
세세세를 할 수 있어서 부럽군요

\>

개 앞에서는
표지판을 지우고 다시 써야 해요
사람 조심

그림자놀이

동그라미 그리던 창문에 볼을 대면 어릴 때 찍어 놓은 발자국이 언 손을 꼭 잡는다 신음하는 법을 가르쳐준 엄마, 눈물 흘리는 입을 막은 아버지, 입을 묻어놓고 도망간 형과 그입에 먹이를 주라는 또 다른 형
　줄인형의 꿈은 줄을 끊어 내는 것 – 그들을 털어내고 싶다는 이유로 흘린 눈물만큼 눈물을 그려 넣은 종이 인형을 손에 쥐고 집을 나서면서 실은 엉켜 버렸다

　내가 뱉은 소리를 주워 먹는 입에 그림자를 그려 넣는다
　젖은 이불을 덮고 있는 종이가방 속 빨간 목도리는
　겨울이 지나도 똬리를 풀지 않고 송곳니를 목덜미에 박은 채,
　각자의 발버둥으로 갈라진 우리에겐 송곳니 구멍 두 개와 박힌 송곳니의 똬리가 있다

　성급했던 고백은 버스 창 밖 가로수만큼 빠르게 지나가고 계속 다가온 그림자들은 네 얼굴을 점멸한다
　손 드는 것을 보지 못한 버스들이 먼지 쌓인 등으로 쉬는 곳 종착점 뜨거운 뒷모습만 아는 이야기들은 음흉한 칼이 되어 줄을 끊고 더 굵은 줄을 묶고 있다

　'문을 두드리지 마시오'

유리에 기대고 있는 버스의 휴식에 베여버린 숲이 그늘을 들고 멀찌감치 물러 섰고 그늘 속에는 그림자를 만들지 않으려는 그림자가 알을 낳는다

안개에 적힌 기억

밖에서 잠기는 내 방이 싫었을 뿐
꼭 쥔 차비는 오천원뿐이어서 엄마 이름을 숨겼다

화단은 잘못 심어진 꽃을 토했다
홀딱 벗고 뛰어가는 새벽안개의 뒷모습만 남은 자리에
성벽처럼 옷을 껴입은 내가 누웠다
화분에 심겼을 때로 기어가는 달팽이를 따라간다

허방다리가 아닌지 두들겨 보지만
아무 말도 들리지 않아서

잔꾀를 부려보지만
안개는 아무것도 보여주지 않아서

꽁꽁 껴입은 나는
화단 옆에
통점으로 숨 쉬는 꽃처럼 엎드렸다

칼에 베인 약속은 날아오는 칼날을 잡게 했고
그에게 베인 증거는 자지러지는 이명을 키웠다
어느 타이밍에 웃어야 하나

>

비상구의 비상은 추락했고 구는 열리지 않는다
범주는 범주 안에 들어와 결핍되었다
방치된 심장이 사랑을 먹어치우는 동안
안개 낀 아침을 지난 정오는 더 맑고 푸르다는 것을 잊었다

상자 안을 맴돈다

죽음에 준하는 이별의 각오가 울지 못할 울음을 뱉는다

모든 것이 엉켜
악으로 피고 균열로 자라나
마침내

저녁마다 낯선 벌이 들어온다
내 남자에게 주려고 피워놓은 꽃게 등딱지를 자기 꽃인
양 꺾고
아이의 눈부신 밥그릇이 비어 가는 것을 바라본다
낯선 벌은 나와 현재 이외의 것이 없는 것으로 규정했지만
베개 옆의 베개에서 익숙한 향을 풍기며 잠들어 있다

저녁마다 신는 양말 속에는
오이마콘*의 눈이 내리고 바람길이 열린다
야생마의 부드러운 육질은 회한의 기억으로 늙은 밤을 살
아가고
겹겹이 신은 요일이 지나갈 때마다
갈라진 겨울밤이 누군가가 흘릴 눈물 대신 떨어진다

어두워지면 소문이 걸어온다
감정이 심장을 가리고 실수 한 날부터 생은 증거를 안고

있다

　아무 일도 하지 못한 몇십 년을 되돌아보면
　그 길이는 하루정도, 증거는 아직 벌의 표정에 걸려있다
　이불을 뒤집어쓰고 기면증을 부르자

　내일 저녁에도 낯선 벌이 날아오겠지만
　벌침으로는 어떤 이야기도 적을 수 없음을 알고 있다

* 인간이 사는 가장 추운 곳

무한반복

외로움 깊이 재려는 시도

바닷가 모래 위 텐트, 잠든 아이들을 위해 통삼겹바비큐를 준비하는 사내. 능숙한 칼솜씨와 적절한 소스의 양, 세심한 불 조절, 직업을 짐작하게 한다

호텔 테라스의 햇빛이 어울리는 외모지만 자연 속 사색을 좋아한다며 공기 한 토막 잘라 깔고 누웠다 시선은 선글라스 너머 바다로 향한다 어젯밤 마지막으로 내준 코발트 빛 푸딩이 일렁거린다 해변의 여인 업된 힙 아래 탱탱한 허벅지를 담은 사진을 죄책감 없이 시식, 입맛 다시는 식도를 뜨겁게 내려간다. 물속에서 노는 딸도 해변으로 나오면 몇 조각으로 저며지고 타인의 무료한 시선을 채우는 재료로 내정되겠지

저녁 메뉴는 감자와 판타체를 곁들인 신선한 양다리, 초고속 요리를 꿈꾼다 접시에 담긴 날 것들은 맨몸이 부끄러워 석양을 끌고와 덮고 뜨거운 양다리 육즙은 턱을 타고 내린다

슬픔이 눈물의 눈물을 닦는 시간을 배우고 다음 슬픔을 기쁘게 기다리는 동안 외로움의 방향을 찾던 나침반은 수

행하지 못한 임무와 함께 모래 무덤으로 들어간다 눈 어두운 청개구리의 절망이 비가 되어 내린다 흠뻑 내려라 아무것도 보이지 않게

3부

런던 비를 파리에서 맞는다

슬픔이 그려준 가면을 잃어버리고 기쁨이 그려준 가면을 쓰고 다녀, (가면 뒤에서 우는 나를 그려줄 화가를 만나는 일은 물감이 갈라지고 난 뒤쯤)

죽고 싶은 시간은
죽기 전엔 끝나지 않는다
는 죽은 자의 말이
산자를 끌고 다니는 숲에서
들려올 때면

환상이 사라진 눈빛이 착각하지 말라고 계속 말하고 있잖아

손가락마다 금반지를 끼고 강아지 똥을 치우는 여자는 옷깃에 걸린 나뭇가지가 잡아당기고 있지만 착각이라고 생각해 돌아보는 순간 괴물로 변할까 봐 돌아보지 않는 것인가

조난당한 사람을 만난 조난당한 사람은 상대방이 잡고 있는 널빤지를 뺏을 궁리로 잠시 태양을 잊었어
널빤지를 빼앗았을까

구조선이 나타났다가 수평선 너머로 사라지는 동안

>

　수의처럼 부풀어 올라 펄럭거리는 커튼, 정지된 세상이 아니라는 증거로 그냥 뒀어 (어항 속 금붕어도 양초에 갇힌 소라껍데기 같아)

　시간만큼 아픈 것은 온전히 내 몫이니 넌 사라지지 마

아름다운 전당포

눈이 나빠지면 나뭇잎과 나뭇잎 사이가 반짝거립니다
별이 보이면 그가 얼굴을 내밉니다

기억들이 등에 모여 앉아 떠날 기미가 없습니다 기억들은
연민을 바닥에 깔고 있습니다

우린 아직 만날 시간이 아니지만, 서로가 잘 있는지 확인
하려고 잠시 스칩니다
즐겁게 헤어질 수 있는 이유입니다

아무것도 없는 곳에 보이는 별처럼 아무것도 아닌 당신일
수 있지만 눈을 빼버릴 수 없듯이 당신을 사랑하지 않을 수
없습니다

내게로 오는 것과 떠나가는 것은 언제든 있습니다
올라앉은 곳의 안정감은 나의 가벼움으로 결정되는 것이
더군요
기울어진 수평선에서 쏟아지는 물처럼 사람은 내게서 흘
러갑니다

바람에조차 그림자를 붙여주는 우리는 하나를 배운 것만
으로는 어느 곳에도 닿지 못한다는 것을 누군가에게 들키

고 싶습니다

　오늘 제법 절실해도 내일이면 함부로 잊어버립니다

　웃기는 이야기 하나 해줄까요. 기름 없는 차의 기름을 구하러 먼 길을 떠나 만난 사람이 차를 가지고 와서 담보하란답니다 사랑을 담보로 내놓겠습니다

　잊지 말고 찾아가시기 바랍니다

잠금장치

다들 봄 나도 봄
매운탕 속 꽃게가 호시탐탐 나를 가위질하려는 시간
당신은 내게 힘겨운 사랑을 밀어 넣고 자물쇠를 잠그면
할 일은 끝나죠

자물쇠로 만든 집에서 영화를 볼 때마다 비 내리는 것이
싫어 셋톱 박스를 부순 날 우리 얘기도 쉽게 멈췄어요
조증에 걸리는 약을 먹은 자물쇠가 지껄이는 말에 나를
잃어버려요
자물쇠는 가방 안에도 핸드폰에도 호주머니에도 있죠

우리는 선택받은 사람들 옆
가장 어두운 자리에 서 있었군요
거울을 보지 않는 당신이 믿는 것이 있나요
손을 잘라 주세요
가방이 가득 찰 때까지 그 손들과 놀겠어요

누군지 모르면서 아는 척했을 때를 덜어내는 법은 검색
이 안돼요
미친 척하고 흔들리는 비행기에 탑승했죠
내 발자국이 하늘에 찍히는 것을 보는 건 애교예요
섹스하고 있는 내게 기차가 달려오는 건 당신의 계획인

가요

　뒤통수치지 마세요 당신의 아이가 달려있어요
　보세요 정강이뼈가 꼭 닮았잖아요
　앞니에 묻은 빨간 립스틱이 나를 망쳤다고 주장하는 당신
　같은 길이로 흐르지 않는 눈물은 눈물이 아닌가요

　화환을 만들던 여자가 자기 머리에 꽃을 꽂기 시작할 때
　봄 같은 겨울이 와요 겨울 같은 봄일까요

　당신은 오늘도 자물쇠를 들고 퇴근하는군요

우주소년

깍지 낀 손에 턱을 받치고
흠하고 내뿜는 숨 안에 소년이 살고 있다

우주에서 왔다며 다시 돌아갈 꿈을 꾼다

밥솥에서 뿜는 증기를 보고
은하철도 999가 도착했다고 솥을 만져
손을 데었다 유심히 들여다본다
"상처는 우주를 닮았어, 얼룩진 피부에
돌아가는 항로가 그려지고 있잖아"
라고 소리치던 아픔을 모르는 소년

기울어진 나무가
기울어진 나무를 보고
바로 서 있다고 다독거려 주면
기울어진 나무는 기울어진 나무만 보면서 살아갈

새는 날아가는 새를 보고
물고기는 물속을 헤엄치는 물고기를 보고
하늘은 하늘을 바라보며 그렇게 살아가는

공작용 철사처럼 휘어지는 소년

고양이의 관점으로 봄볕을 바라보며
자기 별로 돌아갈 항로를 그려
동네 골목을 메워 간다

발사 소리 같은 재채기를 연신 해대며
자기가 재채기를 하면 우주에
먼지가 일어 태양을 가린다는 걱정을 늘어놓는다

숨 막혀 넘어갈 것처럼

Y와 C

뿌리 없는 해초
미는 대로 움직여도 가고 싶은 곳 있고
파도마다 일렁거려도 기억에 남는 파도가 있다

는 뻔한 이야기가 신경 쓰이는 것은
아무렇게나 놓고 간 C
에 대한 Y의 일이 남의 일 같지 않아서다

해초가 바라보는 곳이 먼바다인지 뭍인지 모르지만, 뭍
으로 보냈다 뒷일은 책임 못 진다 내가 키우던 화초가 아니
므로 양심에 걸릴 것 없다는 게 Y의 생각이고 C에게 까닭
없어야 하는 서운함에 대한 척이다

가까워진다는 것은 멀었었다는 전제나 멀어질 것이라는
예상 사이에 낀 부록 같은 것, 유행 타는 잡지라도 괜찮지
만 5장짜리 소개 책자는 아니길 바라지만 그마저도 쉽지 않
은 현실

매일 방향을 바꾸고 엉덩이가 들썩거린다
뿌리가 사라진다
애초에 없었을지도 모르지만 확실하게 있었던 그것,

>
키보드에 손을 얹고 졸다가
가까워지는 것과 멀어지는 것을 동시에 두려워한다
밤마다 발견하고 버리기를 반복한다

눈물을 관장하게 된 C가 음악을 켠다
관장은 거창한 말, 남몰래 무통 주사를 달고 다닌다 주사
액이 비면 눈물을 흘리고 통을 채운다 다시 몸으로 흘러든
다 이 넓은 공간을 채울 수 없거나 좁은 머릿속을 비울 수
없을 때 더 많이 소비된다

날씨와 상관없이 더워졌다 쓰렸다 마음대로인 속
속이라면 내장, 내장 같은 밤은 푸딩유령처럼 우리를 가
둔다
푸딩 속 과일은 어제의 Y 오늘의 C 내일의 해초로 이루
어졌다
Y는 C를 만날 수 있을까

가끔 아카시아 잎을 떼고 싶다

찰나를 잡으려고 버린 주변이 있다
오래 길러온 주변이었는데 옹색한 나머지 낡이고 만다

전시장 바닥은 갈색설탕이 뿌려져 있고 그 위에 맨발로
섰다
　뾰족구두를 신은 도우미가 뛰어온다 선을 넘지 마세요
　내 발을 털며 설탕을 향해 소리친다 한 톨도 묻혀갈 수 없
어요

　푸른 기타를 든 남자는 모여든 사람들에게 음악을 들려주
지 않고 얘기만 하고 있다
　가는 곳마다 살아온 이야기는 솜사탕처럼 부풀어 오른다

　집착의 동거는 아름다운 기억, 겉도는 물감은 과정에 불
과하다
　계산할 겨를 없는 순수한 선택은 빠르게 지나가는 소나기
처럼 서운해서 사진을 찍어 두었어야 했다

　거리를 좁히는 법과 속도, 방향에 대한 오랜 탐구에도 불
구하고 새로운 방법이 승리할 가능성이 크다는 소식을 등
에 업은 과정은 계속 진행된다 오래된 과정이 언젠가 지치
기를 기다리는 방법도 있다

\>

맑고 쾌청한 하늘에 솜사탕 같은 풍선이

모든 것이 너무 오래되었다
오랜 것이 되기 위해 시간을 너무 많이 들였다

신발이 좀 크긴 해

나로부터 도착한 택배를 열었다
배꼽이 보이는 티셔츠
그날부터 배꼽을 숨기려고 허리를 펴지 못했지
귀고리에서 걸러지는 멜로디를 줍고 있으면
이웃은 웃는 얼굴로 당신의 안부를 묻더군

삶에서 비켜나갈 수 있는 샛길을 찾아 두리번거렸어
어둠이 먹은 길은 두려움을 토해내며 나를 거부해
웃고 있는 뱀의 귀에 걸린 귀고리에는
방금 잡아먹은 쥐의 울음소리가 달렸지

다음 먹이를 찾아 어둠으로 미끄러지는 꼬리
따라가기엔 너무 큰 신발을 신고 있어
다른 사람들은 잘만 신고 다니는 신발에
난 자꾸 넘어져

살아도 괜찮지만 죽어도 괜찮을 것 같은
전액 본인부담금을 지불해야 해
긴 세부사항을 확인할 엄두가 나지 않아
급하게 내고 나면 언제나 체하지

첫서리를 만나도 떨어지지 못하고

까치밥이 되지 못하고
산수유꽃 필 때까지 나뭇가지에 달린 감처럼
피곤하고 피 건乾하면 혀를 씹어먹으며 살아야 해

손목이 묶여있지 않아도 도망갈 줄 모르던 죄수가
도망가게 될까 봐 혼술하지 않는 밤
큰 신발은 내가 신고
걷지, 넘어지더라도 말이야

사랑은 관념적이라서 말이죠

레몬나무가 우거진 커피숍
알코올 냄새가 나는 커피처럼
적절한 말을 찾지 못했어요
단지 아쉽다는 말

어쨌든, 살아있는 것은 위험하다는
위태로운 말들이 전해지죠

그대와 사랑하고 그를 향해 웃었고
눈을 감았기 때문에 속옷은 검어졌어요

나는 아기예요
그래서 바지는 혼자 입을 수 없죠
바지를 입는데 시간이 오래 걸린다고 삼촌이 말했어요
무릎에 앉으면 내 머리가 위에 있지만 아직 어리다고도
했죠

앞으로 나가지 못하고 주저앉아야 할까요
사랑한다니까요

열여덟 번의 월요일이 남은 어느 날에도
나는 쇼핑 목록처럼 꽃을 사랑해요

초콜릿과 거품으로 브런치 하죠
커피포트 뚜껑 안에 들어가길 좋아해요
별과 어린 왕자를 사랑하는 느낌 없이 사랑해요

모퉁이로 사라지는 고양이 꼬리 같은 표정으로
무슨 말이든 노래 부르던 돼지죠

사랑은 없다고 믿으면서 사랑을 말하고
누구나 느낀 것을 느끼지 못한다고 하면 내숭을 떠는 건
가요
못 먹는 술을 먹었다고 계속 토해요

백만 송이 장미는 분홍 장미

분홍 사탕을 사주었지
딸기 떡이 올라가 있는 빙수도 먹었어
왜 자꾸 분홍색이냐고 물었지

분홍색을 보면 네 생각이 난다고 할까
아무 말하지 않겠어
보내기 싫은 오늘을 많이 만들기 위해서
라고 할걸 그랬나 봐

사탕 봉지 안에 행복한 순간을 모으면
우린 강아지가 될 수 있어
발목이 조금 아프고
발톱이 자랄 만큼의 시간이 필요하지만
벤치 아래에 앉아도 행복하겠지

이해하지 못하면서 기어이 묻고 마는
너를 여러 번 만났어
이유를 말하지 않고 사라지는 사람 중
하나가 되었지
고양이가 되면 묻지 않겠지

사탕 봉지 안에 들어있는 키스를 쏟아버렸어

사랑이 아니라면 무엇이든

흐려지는 쪽과 선명해지는 쪽은
동시다발로 생겨나서
분할화면을 보는 것 같은 착각을 일으키지

창밖에 펼쳐진 시내 풍경은 사막이 아니라서 메마르고
나를 비껴가는 바람들은 돌에 새겨진 지옥으로 들어가 버
렸어
그곳의 사랑은 수선화를 뭉개고 푯말을 세우는 일

밤을 따라간
뮤들은 어디로 갔을까

도망칠 수 없다면,

네 무릎에 꽃을 심고
나를 길러내려 했던 일은
햇빛 몰아낸 안개 숲에서 일어난 일

우리는 어두웠다

숲이 빗소리를 훔치면
넌 내 귀를 씹는다

어둠을 둘러쓰고 꽃을
더 크게 피우는데 열중했지만
무릎은 계속 넘어졌다

새가 날아오기를 기다리는 나무는
더운 날을 못 이기고 쉬어버렸다

꿈을 깨면 처음으로 돌아갈까
속눈썹 끝에서 오고 있는 너에게
침묵한다

발이 차가운 날
검은 가지가 맞닿기 위해 서로를 찾고

하늘이 찌푸린 만큼 밤도 찌푸렸다

눕지 못하고 잠든 밤
서 있는 아침을 산허리에서 만난다

잔인한 바깥

슬픈 기억을
냉담하게 잘라내는 천성에 반감을 갖는다
다정하려는 노력도 지친 눈물이 악어에게 떨어진다

밤은 왜 늘 더운가
설득력 잃은 목소리가 따라오면
돌아서는 이유를 발로 꾹 밟지만
테킬라 잔에 둘러진 소금 같은 변명에
이해는 믿음으로 덮어 놓는다

더운 밤을 채운 술잔을 부어 버린 곳은
향하지 말아야 할 곳이었다

산다는 건 외롭기도 하지만 지겹다는 생각과
굴러가는 현실 사이에 껴서
꼬여가는 호박이 자라는 기둥이 있는 곳을 배회한다

추켜올린 눈썹과 위험하게 삐뚤어지는 입,
요동치는 혀와 쏘아보는 눈
위협적인 호박이 고운 목소리로 노래 부르면
아, 나는 무섭다고 말할 수 없다

\>

나는 무섭다고 말하고 싶다

삼키기 힘든 거친 약을 자주 삼켜야 하는 내가
무섭다고 말하는 법을 배운 적 없어서
우리 모두 그렇게 순수하게
순수하게 사랑하며 죽어갈 수밖에 없구나

12월의 키스

수천의 씨앗을 만들 때까지 꽃인 줄 몰랐다
햇빛과 피로 빚은 장막을 쳤다
몇 개 없는 젖을 서로 빨려고 덤벼든 아이들을 모두 품고
있는 동안
빈손으로 겨울을 맞이한다

이별의 계절을 맞은 아이들을 보낼 때 녹아 붙은 살이 같
이 떨어졌다
군데군데 드러난 뼈에 스치는 마지막 달의 상처
바람을 계산하지 않고 동화되어 가는 밤이다

나인 듯 곁에 선 너와
바스러져 갈 때 더욱 밀착하는 이파리들과 함께 겨울을
걸어간다
어깨를 기대 본 적 없는 치열한 아침의 서정처럼

우리는 슬프지 않아도 울어야 하고
슬픈지도 모를 만큼 견딘
서로의 어깨를 토닥여야 한다

어쩌면
잃어버리지 않은 것을 잃어버렸다고 생각하는 우리는

향기가 사라지고 꽃가루는 흩어져 뿌리 박힌,
꺾이면 이별을 맞이하는,
아름다운 꽃이구나

낙화하는 것은
원하고 원했던 끝으로 가는 것

다시
사람을 그리워하지 않는 꽃으로 태어나 나비 속으로 들
어간다

4부

아쿠아 글라스

아쿠아 블루가 좋은데 골드 블루에 태어났어요
스위스의 하늘과 태평양의 심해는 같은 색깔일까요
심해를 잘라 하늘에 겹쳐놨어요

하늘 바다에 옮겨진 물고기가 새를 봤어요
뒤따라 날아가죠
지느러미는 날갯짓을 제법 해요 기특하죠?

기억이 돌아올 시간은 금방 다가와요
알고 있다고 말해줘요 기억나기 전에

지느러미에서 소금이 떨어져도 어떻게든 날고 싶어요
새를 따라가면 새가 되겠죠 믿어요

새는 새를 만나 더 빨리 날아가요
새의 언어로 얘기하면
소통과 불통이 동시에 만들어지는군요
불통이 튀면 소통이 없다는 걸 알게 되죠
물고기는 새가 아니라는 명백한 증거인 가요
잘못은 없지만 누구의 잘못인가요

물고기만 얇은 바다를 출렁거려요

하늘이 무너지면
바다가 같이 쏟아지는 건 참을 수 있어요

바다와 유리는 투명하지만 보이지 않을 수도 있어요
안 보이는 건 또 아니라서 돌아갈 수도 없군요

물고기들은 새라고 하고 새들은 물고기라고 하죠
사춘기가 없었던 물고기는 계속 사춘기군요
혼자 치는 박수 소리를 듣는 기분을 바닷물에 잠긴 노트
에 적고 있어요

아쿠아 글라스 뒤에서 하늘색 와이셔츠를 입은 것은 배
려인가요

맑은 밤
― 사랑에 대한 작은 증명

　헤드라이트 불빛이 녹슨 밤의 얼굴에 손톱자국을 그을 때,
　떨어져 내리는 붉은 쇳가루와 옥상에서 떨어진 피가 만나
쇠꽃을 피운다
　겨울 유리창에 탁,탁,탁 박아 넣는 머리를 삼켜 버리는
아찔한 절단
　처음 신어본 하얀 운동화는 패랭이꽃처럼 찢어져 거울 앞
에 찰칵 셀카를 찍는다

　살아온 어느 언저리가 비틀어졌을 때, 꼭대기 층 불 들어
오지 않는 집을 틀어진 목으로 바라볼 때, 행하는 모든 것은
조금씩 비틀어진 나를 빚고 지금은 가장 큰 각도로 틀어지
고 있어서 목 돌아간 닭처럼 축 늘어진 뇌를 주차장 바닥에
툭,툭,툭 끊어 놓을 때,
　불빛은 네가 아니고 검은 세단에 내리지 못하는 지나치
게 맑은 밤하늘의 비를 그리고 그리고 그리워할 때는 내가
아니다

　쿵 하면 짝 밖에 몰라, 쿵 떨어진 네 심장을 돌아볼 겨를
없이 짝,짝,짝 손뼉 치며 빙빙 도는 태엽 인형, 한 가지만 아
는 짝,짝,짝 손뼉 치는 태엽 인형이 쓰러진 네 곁에 눈물만
흘리며 바로 바보 돌고 있다

>

이별엔 가벼울지라도 결코 사랑에 가볍지 않은 지금이 지나간다 너를 만나는 것으로 사랑을 대신하기 위해 사라지지 않는 1과 다시 나타나는 1 사이에 고정된 렌즈

사이사이 생각나는 그림자가 주변을 둘러보므로 삭제→나가기→차단이라는 공식을 밟고도 한 번도 간 적 없는 너의 집에 내가 없어 낯설기를,

하얀 패랭이꽃을 보며 파란 꽃을 그린다
하얀 꽃을 그릴 줄 모른다고 절대 말하지 못하고
생각보다 자동차가 연신 들어오지 않는 주차장에 눕는다

너의 겨울 속에 있는 나의 겨울에 쇠꽃이 만발한다

식물의 동물적 본능

나는 여기 있어요 당신은 어디로 가나요
도수조절에 실패한 안경을 썼군요
버려요 내가 보이나요

바람을 기다리다가 바람을 만들어요
바람을 만들지 못하면 민달팽이가 나를 먹어요
허벅지에 올린 손은 계획된 것이었어요
벌이 날갯짓을 하면 술잔을 쏟죠
당신의 오른편에 앉은 이유예요

아래에서 위로 꽃을 피워주세요
구멍은 작아서 꼭 당신이어야 해요

덫으로 들어오는 당신을 죽이지 않아요
도망가면 겁쟁이예요
무릎을 펴세요 진짜는 쉽게 사정하지 않아요
무엇이 되었든 밟고 올라오세요 만날 시간이에요

미리 세우고 있다니 센스쟁이군요
주둥이가 긴 당신은 꿀을 마실 수 있어요
당신이 내 속에서 자고 일어난 아침 숙박비는 주고 가세요

\>

사랑을 말하지 않았지만 아무 말도 안 하는 게 좋겠어요
동물적 본능으로 당신을 이용할게요 난 식물이니까

붉은색을 차지하지 못해 하얗게 배고파요

월요일

방전 상태가 자연스럽습니다
의자에 몸을 깊이 꼽고 생각하는 척했나요
휴식하러 출근한 것처럼 보이십니까

사실입니다 메롱 메롱 사장님께는 비밀이고요

월의 요일을 지우고 화의 요일을 지우고
자꾸만을 자꾸 지우는 연습은 반복을 잊게 하고 매일 윤
회합니다

냉장고 귀퉁이 감귤 하나 먼지복숭이처럼 숨 쉽니다
할 일을 했든 안 했든 할 일이 끝났습니다
말랑말랑 잠들어 음식물 쓰레기가 되는 꿈을 꿀까요

편의점 냉장고 햄버거와 삼각김밥 사이에서 발바닥을 식
힙니다
질기고 뜨겁습니다
후식은 민트라떼 사원증만큼 민트가 빠져
불고기버거에 뿌린 스파이시 소스는 월차를 생각합니다

똑같은 옷을 입은 토끼는 고슴도치를 참습니다
정문 출입구가 열리는 순간 균형을 잡아야 하는 허리와

의 거리

구두와의 삼각형입니다

월요일은 월요일이고 화요일은 화요일입니다

금요일은 오지만 토요일도 출근입니다

일요일도 출근하시면 월요병이 없을 수 있습니다

고양이를 찾습니다 광고지 만들기

　고양이를 잃어버렸다 커피숍 창 밖으로 불구가 되어 걸어 가는 나를 보는 것 같은 비참함을 느낀다 넓은 바깥은 너무 도 비좁다 열려있는 여러 개의 문은 바깥을 더 비좁게 만든 다 서울 간 아들이 비워 놓은 방이야 말로 가장 넓은 세상이 었다 가슴에 고양이를 품고 야옹야옹 울 수 있었다 재채기 는 숨긴다 저녁에 다시 정확한 발음으로 H를 읽어 줄 것이 다 내가 H나라 사람이라는 증거다 나의 나라까지 고양이를 찾으러 가야 한다 수국 아래엔 하얗게 눈멀어가는 길고양 이가 있다 우리 고양이 못 봤니 밥그릇 한번 채워준 적 없으 면서 뻔뻔하게 물어본다 빈 그릇 핥고 있는 길고양이에게 츄르길만 걷는 페르시안 친칠라를 본 적 있느냐고 묻는다 가슴으로 낳아 지갑으로 키웠다고 하소연한다 아파트 동마 다 그늘진 곳엔 고양이가 죽어 하얀 화분이 되어 있다 고양 이 나라의 재판장에 끌려가는 기분으로 걷는다 분명 형을 선고받겠다 고양이가 내 방에서 걸어 나와 사라진 식탁 아 래 웅크린다

　있을 때 잘했으나 슬펐다 있을 때 잘해서 더 슬펐다 있을 때 잘해서 슬프지 않은 슬픔은 애초에 슬픔이 아니었다고 고양이가 가르쳐준다 수국은 말 없는 초록 울타리. 그 아래 밥그릇에 담긴 꽃 그림자를 읽을 수 있게 되었다

>

우연이지, 거슬러 거슬러 집사가 될 남편을 35년 전에 만났고 시인이 되어 시인의 고양이를 키우는 기막힌 필연. 알고 보니 모든 일은 고양이를 위한 복선이었다 발밑에 엎드린 고양이. 미리 고양이를 찾습니다 광고지를 만든다 사례금에 사래가 걸린다 나르야 이거 이거 내 가슴에 있는 이거 돈으로 계산하면 얼마일까

파프리카, 파프리카

치즈가 듬뿍 든 오믈렛을 먹는 꿈을 꾸었다
빨강 초록 파프리카 조각이 번들번들 빛난다
빨간 조각을 손가락에 얹어
새빨간 반지를 새빨갛게 내밀었다

밤새 팬티를 벗지 못한 바지
남의 집에 누운 노숙자처럼
화장대 의자에 기대 선잠을 잔다

밀어내는 일은 밀쳐내는 일 같아
다음이 와서 어쩔 수 없을 때까지 껴안고 있다
매일 다른 반복, '다른'의 의미가 없어진다

주말을 잃은 월말 아침
바람이 심긴 발목으로 바지 구멍을 찾아
뭉쳐진 종이처럼, 펴지지 않는다

어제 구겨 넣은 작은 종이가 호주머니에서 뽀시락 거린다
꼬깃꼬깃 먼지 뭉치와 실밥과 엉킨 종이를 펴면
오늘도 힘내세요가 아카시아 향기 나는 펜으로 적혀있다

하루 종일 고양이를 쏟아내는

비가 내리는 꾸부정한 허리

새빨간 반지의 심장은 뛰지 않는다
그렇게 비는 심장을 염하고
고양이는 염원을 물고 멀리 간다

기다리는 詩·間

오른뺨이 뜨거워 오른손으로 감싸요
오른손이 더워지면 왼손으로 바꾸죠
내 뺨일 때 그랬어요

오른뺨이 뜨거울 때 왼손으로 식히죠
왼손이 더워져 당신 등 뒤로 가
오른손으로 식히죠 당신 뺨일 때 그래요

거울이면 안 돼요

우리는 오른뺨과 왼뺨의 열기가 달라요
그래서 자주 당신 어깨를 지나고 목덜미를 볼 수 있죠

왼손이 뜨거워지면 오른손은 더 차가워져요
피는 경계에서 온도를 잃었어요

겨울이 지나는 동안이었고
두 번째 크리스마스쯤일 거예요

오른손이 차가워지면 오른뺨에 대죠
손바닥이 따뜻해지면 이번엔 손등 차례예요
우리는 차례차례 따뜻해져요

>
첫 번째 크리스마스를 기다리는 시간
뺨 하나와 손 하나둘과 놀며 문장을 땋고 있어요
기다리는 것도 아니고
안 기다리는 것도 아닌 시간이에요

별, 수없는 오후

색깔을 잃어버린 사람이 색을 지운다
해 저물어 가는 시간이 가장 좋아

나를 갉아먹으며 자라는 코알라 한 마리를 안고
물방울을 밟으며 하늘을 건너는 동안
사랑을 잃고 몽롱해진 눈으로
기억에 없는 여자를 바라보고 있어
이제 코알라는
두 마리 어쩌면 세 마리 그 이상일 수도

혓바늘과 너울거리는 입 안의 살점은
적요한 달의 맛
별의 꿈은 달이 되는 것이었을까
달의 꿈이 별이 되는 것이었을까
음… 무척 지구적인 생각이군
매일 손아귀에 쥐려고 하는 건
별인지 달인지 몰라
나는 여전히 코알라를 안고 있어

질척거리는 어깨에 뜨거운 샤워를 하고
건조기에 말린 눈알을 끼우면
오후의 침전물을 금수저로 젓고 싶어

\>
수명을 잘라 쳐놓은
관계자 출입금지 통제선 안에서
'관계자 외'와 지치도록 나른한 날을 보내고 싶어

싫어 싫어 싫어 뱉어 보지 못한 '싫어'들

나는 여전히 코알라를 안고 있군

숲은 바쁘고 아픈 나무들의 나날로 이루어졌어
미처 소화되지 못한 '나'들이 세상에 배설됐기 때문이지

별만큼 수없이 지나가는 오후들

변명을 듣기 위한 사변

목소리를 켜 놓고 나가버린 너보다 낫잖아
자기 소리가 아니라고 발로 차 버리다니
네가 빚어 놓은 소리들이 하나씩 터질 때마다 뾰자란 비
명이 메아리쳐

두 팔 늘어트린 나를 인디언 밥처럼 쏟아버렸지

그래 그럼 그렇게 하지 뭐
그런데 그럴 수도 그렇지 않을 수도 있는 그게 그거지만
그랬다고 그 말조차 없이 어쩌면 그 말까지 하고 그립다
고 적힌 그림자도 칠하기 전에 그게 뭐라고 그만큼만 그려
놓고
그렇더라는 변명도 없이 거짓말을 그 짓 말고라고 하는
것처럼 잘못된 발음으로 잘 된 것처럼

봉지 뜯는 칼이 관통해 손바닥을 찌르면
그 손 안으로 흩어진 소리를 잡아올게

잘됐어, 그렇지?

어차피 오늘은 슬펐어, 그렇잖아
느슨해진 살점을 조으면 사라진 것은 아직 안겨있는 것,

그렇지만

　여러 번 있었던 일들이기 때문에 여전히 익숙해 "할 수 있어!!", 그렇지 그렇다고

철길에 기댄 아파트

확신에 찬 햇볕은 나무를 쪼개버렸지
이제 가벼워 보여?

친구야 어이 친구야 일어나 봐
해가 중천에 떴고 너의 죄를 가지고 달아나고 있어

거짓말쟁이의 거짓말을 이해하겠다는 것은
거짓말쟁이로 낙인찍은 것에서 시작한 오류로 인해
이해와는 멀어지는 것을 방지하기 위한 것이야
거짓말쟁이에게 찍은 낙인이,
낙인이라는 단어가 냉소적인 것 같아서
거짓말쟁이가 아닐지도 모른다고 생각하고 있어

지금 거짓말쟁이에게 속는 중일까

거짓말쟁이가 새 날개를 잡고 있어서 새 머리가 터졌어
이 사건은 익명으로 처리될 거야
넌 어떻게 생각하니

너와 나는 엉켜 있어
처음엔 흑과 백이었을지 모르지만
지금은 색이 바래고 때가 묻어 한 덩어리처럼 보여

내가 무를 썰고 네가 소금과 설탕을 뿌린 일은
한 가지 일이 되었잖아

거품이 올라오기 전까지 벤치에 앉아
아파트 정원 분수를 바라보며 발리를 이야기하고
대문 앞에 쭈그리고 앉을 때를 떠올렸어
깨진 시멘트 사이에 핀 민들레를 본다면
궁둥이를 조금 옮기겠지 여전히
치즈케이크를 좋아해서 참새처럼 쪼아 먹을 거야
다시는 철새가 되고 싶지 않아
넌 어떻게 생각하니

무디어져 서로에게 문질러도 아프지 않은 밤이 될 거야

벽에 웅크리고 싶을 때가 있지만
상처를 우연으로 만들어야 할 때 틈에 앉는 기술과
숨기는 노련함을 재확인할 수 있잖아
넌 어떻게 생각하니

누군가를 부르고 응답받지 못해도 아직
부르는 것이 끝나지 않은 것뿐이라고 우기는 버릇은 여
전하지

외롭게 들어 올린 손으로 벽을 쓰다듬지 마
벽 옆에 내가 앉아 있잖아

우리의 등이 각각 다른 거짓말을 배웠다 해도
너의 냄새는 배어있어
해독해 줄까 소독해 줄게
그리고 아무도 지나가지 않게 해 줄게

우린 잘해 낼 수 있어
막연하게 믿는 척하지만
오! 해피데이를 부를 수 있잖아 사랑해 사랑해

뭉쳐진 것들

옷을 추스르는 시간에 몽정은 필요 없어요
뒷모습을 보는 게 힘들어 계속 걷는다면
어깨 좀 빌려주시겠어요?
어느새 혼자 걷는 내가 더 힘들어
조금만 울게요

노팬티 원피스가 바람 피자를 먹는 데 걸리는 시간은
적극적으로 걸려오는 전화를 받는 짧은 시간
고백을 무르시려면 신문 1면에 광고 바람요

장미공원 문이 열리지 않는 것은 장미를 꺾어간 사람들
때문이래요
네 손에서 가시 냄새가 흐르는 것은 우연인가요

빈 액자가 마음에 들면 작품값을 내고 사 가세요
밥을 먹고 나면 물이 제일 맛이죠
차려진 밥상에 숟가락만 얹는 것은 어디서 주워들은 노
래인가요

모기향을 피웠어요
허락 없이 문을 두드리지 말아요 이제 잠을 자야 해요
나는 무엇이라 부르든 상관없는 꽃이 될 거예요

향기는 보기 좋아요

각종 뭉치가 울고 있어요 아니요 뭉치 같은 녀석이 울고
있네요

채식만 할까

흥분한 너를 쏟아낼 만큼의 흥분
그만큼 물어 뜯길 살점

널, 한 숟가락 떠먹어봐
또는 날, 먹여줄까 한 입만
입술을 핥
무슨 맛일까

칼에 벤 손가락, 한 방울은 채식의 시작
흡혈
결핍이 빛나는 줄기
진공을 빨아 당기는 피맛
내 것임에도
끈적한 붉은 맛이라니
매일같이 물든다는 말
매일같이 빨고 싶다는 말

피에 물든 당신을 만난 혀
흰 치마를 입고 붉은 눈을 감는다면
우리의 춤은 따뜻함과 차가움의 어정쩡한 통제
심장이 뛰지 않는 서로의 오르가즘이야

>

가끔 화를 내기 때문에 멈출 수 있어

오늘부터 긴

미니멀리스트를 작성하는 거야

해설

현재 속에서 과거를 구출하기

임지훈 문학평론가

현재 속에서 과거를 구출하기

임지훈 문학평론가

먼 옛날 사람들은 세계가 완전하다고 믿었다. 그들은 이 세계가 이루는 절묘한 균형 상태를 '조화'라고 부르며, 완전성의 근거로 삼았다. 세계에 대한 가장 원초적인 해석이다. 우리가 살아온 이 세계에서, 대개의 신화는 이와 같은 완전성을 배경으로 만들어진다. 질서가 존재하지 않았던 혼돈의 바다로 은유되는 무질서의 현실로부터 강력한 일자가 필연적으로 출현하고, 그 일자를 중심으로 세계는 고유한 질서에 기반을 둔 균형성을 이루게 된다는 것이 신화들의 주된 골자이다.

아이러니한 것은 이와 같은 신화들이 대개의 경우 그 균형성이 어떻게 파괴되는지를, 그리하여 세계가 어떻게 지금과 같은 불안한 형세가 되었는가를 서술하며 끝이 난다는 점이다. 그래서 대개의 신화들은 최종장에서 어째서 그와 같은 강력한 일자가 현실 세계의 뒤편으로 사라지게 되었으며, 왜 인간은 그토록 안온했던 균형 잡힌 질서의 세계로부터 지금과 같은 불안하고 피투성이의 현실로 추락하게 되었는지, 조화의 시대가 어떻게 끝을 맺었는지에 대해 이야기한다.

그래서 이와 같은 신화들은 이 세계가 질서와 균형으로 이루어진 완전한 세계라는 것을 설명하려는 목적을 가진 것처럼 보이지만, 실제 효과는 조금 다르다. 그것은 이 세계가 질서와 균형으로 이루어진 완전한 것임을 설명하려 하지만, 그럴수록 오히려 우리는 현실의 불완전함을 목도하게 되기 때문이다. 그런 의미에서 이와 같은 신화의 효과는 명백하다. 그것은 질서와 균형이 모두 과거에 불과해져 버렸으며, 우리는 더 이상 그와 같은 과거로 돌아갈 수 없다는 것, 그리하여 우리는 이 조화를 잃어버린 불안한 세계 속에 내던져졌다는 사실이다.

　세계가 완전하다는 믿음과 그것을 설명하기 위해 만들어진 신화가 현실의 피할 수 없는 불완전성을 직면하게 만드는 이 역설적인 효과. 그래서 우리가 살아가는 공간은 완전함의 내부도 아니고, 불완전함의 내부도 아니다. 완전함에 대한 믿음과 그리움이 내재된 불완전한 대지, 그것이 바로 오늘날 모든 인간이 선 지평이다. 때문에 모든 시인은 두 눈으로 서로 다른 풍경을 바라본다. 완전성이 손짓하는 그리운 과거와 불완전함에 내맡겨진 불안한 현재. 우리가 김새하의 시를 읽으면서 모종의 불안과 슬픔, 그리고 그리움에 따른 회고의 정서를 맛보게 되는 근원적인 이유가 바로 여기에 있다.

　민들레 홀씨를 날려 보내는 요정이 꽃잎을 떼어먹는 요정에게 이야기한다 언젠가 흰 동백꽃 속에 사는 사슴을 만나러 갈 거라고. 그곳에 앉아 나비가 부르는 노래에 맞춰 날개를 비비면 물고기가 날아올라 비늘로 별을 만들 거라고. 내가 혹시 돌아오는 길을 잃어도 몇 년 전에 심어놓은 재스민 향기를 따라 돌아올 수 있을 거니까 아무 걱정하지 말라고

우린 다시 만날 수밖에 없기에 나는 말할 필요가 없었고 그래서 민들레 홀씨를 불고 나무가 자라는 소리를 자장가 삼을 수 있었다고. 아기코끼리가 어른 코끼리가 되는 정도는 엄마 기린이 아기 기린을 돌아보는 정도의 짧은 시간이라고. 눈은 녹지 않아 노을에 계속 물들 수 있으니까 나는 외롭지 않다고

하늘을 가장 크게 한 바퀴 도느라 늦어지는 너를 기다리며 풀밭에 엎드린 나는 홀씨가 땅속으로 들어가는 것을 지켜보는 것이 즐거웠다고. 아침에는 아침에 피는 꽃의 소리를 귀에 걸고 저녁에는 저녁에 피는 꽃의 소리를 귀에 걸고 너를 기다리는 일은 나에게 아주 쉬운 일이라고

태양이 다가오면 휘어지는 나무의 이야기를 들어주다 보면 바람이 흘려놓은 그림자를 어디에서 주워야 하는지 알수 있어서 가끔 그곳에 너의 흔적이 편지처럼 적혀 있기도 하다고. 가끔은 달이 먼저 너를 보았다는 거짓말을 적어 놔서 내 날개 안으로 들어가 울기도 하지만 나의 울음소리에 급하게 돌아오는 바람을 따라 비가 내리기도 해서 네가 젖을까 봐 울 수가 없다고
　　―「요정의 이야기」 전문

「요정의 이야기」라 이름 지어진 이 시에서 시인은 하나

의 신화적 세계를 구성한다. 그곳은 자연을 벗 삼아 살아가는 요정들의 세계이고, 이 세계는 요정들의 의지와 바람으로 이루어진다. 평화롭게 살아가는 요정들의 삶은 겉보기에 현실적으로 불가능한, 혹은 잃어버린 하나의 유토피아적 세계관에 대한 상상처럼 느껴진다. 하지만 여기에는 중요한 지점이 하나 있다. 그것은 이 시가 사실에 대한 명시로 이루어진 것이 아니라, 요정들의 바람과 당부, 위안 섞인 말들로 이루어져 있다는 사실이다.

민들레 홀씨를 날려 보내고 꽃잎을 떼어먹고, 때로는 사슴을 만나러 가기도 하고 별을 만들어내기도 하는 이 요정들의 우화는 그래서 겉보기엔 어떤 평안과 조화로운 심상을 전달하는 것처럼 보이지만, 그 심상이 아름답게 느껴질수록 그것을 읽어내는 우리는 알 수 없는 불안감과 두려움 또한 느끼게 된다. 여기에 새겨진 말들을 자세히 살펴보자면, 사정은 더욱 더 명확해진다. 이 시는 총 3개의 층위로 구성되는 데, 하나는 일어난 사실에 대해 회고하는 과거에 대한 말들이다. 예컨대 "하늘을 가장 크게 한 바퀴 도느라 늦어지는 너를 기다리며 풀밭에 엎드린 나는 홀씨가 땅속으로 들어가는 것을 지켜보는 것이 즐거웠다"와 같은 부분들이 그것이다. 또 하나는 이 시적 진술이 이루어지는 현재의 시간대인데, 이것은 지금 여기에 존재하는 두 요정의 양태를 설명한다.

그리고 마지막 하나, 그것은 미래에 대한 것이면서 동시에 의지와 약속의 말들이다. 가령 "내가 혹시 돌아오는 길을 잃어도 몇 년 전에 심어놓은 재스민 향기를 따라 돌아올 수 있을 거니까 아무 걱정하지 말라고"나 "눈은 녹지 않아

노을에 계속 물들 수 있으니까 나는 외롭지 않다고", 혹은
"아침에는 아침에 피는 꽃의 소리를 귀에 걸고 저녁에는 저
녁에 피는 꽃의 소리를 귀에 걸고 너를 기다리는 일은 나에
게 아주 쉬운 일이라고"와 같은 말들. 아이러니한 것은 이
와 같은 말들이 과거의 말들이 구성해내는 신화적이며 조
화의 경험에 기반한 말들임에도, 실제 발화된 말의 효과
는 전혀 다른 효과를 산출해낸다는 사실이다. 마치 그것은,
'요정'으로 통칭되는 이 세계 속 존재의 미래가 결코 그렇게
이루어지지는 않으리라는 불안이다. 예컨대, 이 신화적 세
계에 대한 시인의 누설에는 그것이 깨어지고 흐트러지는,
불완전함이 엄습해오는 순간이 곧 다가오게 되리라는 불안
이 곁들어져 있는 셈이다.

　　그래서 이 시가 만들어내는 효과란 생각보다 복잡하다.
단지 이상적인 공간에 대해 말하고 있을 따름인 것처럼 느
껴지면서도, '요정'이 하는 말의 결을 따라가다 보면 우리는
이 세계가 결코 영원히 지속될 수 없는 한정적인 것임을 직
감하게 된다. 즉, 우리는 영원히 이 조화로운 완전성의 세
계에 머물 수 없다는 사실을 예감하게 되는 것이다. 이와 같
은 불안한 예감은 한편으로 「아힘사」를 비롯한 여러 편의
시에서 변주되며 독특한 미감을 구성해낸다.

　　　활을 누가 먼저 들었든가
　　　화살이 떠난 활엔 상처가 남지 않는다
　　　상처는 온전히 과녁의 몫
　　　활은 과녁의 상처에 아무런 책임이 없다

서로 생리대를 빌려주고
연애편지 보여주던 날이 옅어지기 시작한다

"미안하다는 말도 연고가 되지 못할 때가 있으니 넣어두렴"
아물지 않은 상처에서 흉터를 지우라는 재촉
더 깊이 후벼 파면서 넌 어딜 보고 있니

눈치 빠른 아이야
네가 볼 수 없는 네 눈동자를 내가 보고 있단다

비명만큼 가늘어진 공명의 속삭임
비워진 주전자에 채워지는 빗소리
목 조를 손을 준비하는 작곡이 시작된 것을 숨긴 우리

감아버린 눈이 철길을 걷는 동안
잃어버린 거짓말을 찾으러 간다

거기에 네가 쪼그리고 있을까
　　　—「아힘사」 전문

　위에서 설명한 구도와 유사하게, 「아힘사」 역시 평화로운 과거에 대한 진술로부터 이야기가 시작된다. 하지만 이 시는 위의 「요정 이야기」와 달리 보다 직접적으로 현재에 대해 묘사하는 쪽에 초점이 맞춰진다. 예컨대 「요정 이야기」가 조화로운 과거로부터 곧 다가올 불안한 미래를 바라보며 이야기를 하는 것이라면, 「아힘사」는 조화로웠던 시절이 이미 과거가 되어버린 지점에서 현재를 바라보며 이야기를 전달한다. 그 속에는 "서로 생리대를 빌려주고/연애편지 보여주던 날들"로 비유되는 경험적인 상호적 시간이 있고, 그로부터 역설적으로 펼쳐진 상처의 시간이 현재에 놓여있다. 이제 존재의 상호적이며 조화로운 시간은 되돌릴 수 없게 되었고, 그 뒤에 놓여진 '나'의 시간이란 서로가 서로를 겨누고 상처 입히는 무질서한 시간이다.

여기에 대해 시인은 「아힘사」란 제목을 지어둔 것에 유의하자. 그것은 "생물에 대한 비폭력·불살생·동정"을 의미하는 것이라고 시인은 밝히고 있다. 하지만 우리는 이 시의 내용이 그와 같은 태도가 실현될 수 없는 현실을 다루고 있음을 알고 있다. 때문에 이와 같은 제목은 이중적인 효과를 산출하는 데, 그것은 「아힘사」가 불가능한 현실의 비극성을 강화하는 것과 반대로 이와 같은 현실 속에서도 「아힘사」를 실천하겠다는 불가해한 의지가 그것이다. 예컨대, 서로가 서로를 겨누고 목을 조르는 비정한 현실 속에서, "잃어버린 거짓말을 찾으러", 그리하여 "거기 네가 쪼그리고 있을까" 물으며 겁에 질린 '너'를 찾으러 가는 화자의 의지가 바로 그것이다.

세면장에서 비누를 질기게 갉아먹는 생쥐
바닥을 기어 다니는 개미떼

가르랑 거리는 소리는
화장대를 딛고 쌓아 놓은 빈 상자를 지나
창틀을 딛고 선다

어느 날의 밤까지만 해도 J는 쾅쾅거리는 소리에
머리가 아프다고 집 안을 서성였었다
숲 속처럼 고요한 내 눈 속으로
도망가고 싶다고 눈빛을 맞췄었다

J는 물속으로 꽃잎 속으로
아니면 단지 아주 먼 곳으로

부드러운 가슴털에 손을 묻으면
새소리와 눈이 오는 소리가 들린다고
했었다 그렇게 사라진 J

하늘과 지상 어디에도 속하지 못하고
창틀에 앉아 있는 고양이 한 마리
위자료로 받은 도시 풍경을 함께 볼
누군가를 기다리는 것으로
밤낮을 채우며 창문을 흔든다

지루하게 날리는 털들도 고양이가 되어
창문 앞에 모여든다
　　　　―「창문이 견딘 이유」전문

　김새하의 이번 시집에서 '너'라는 존재는 자주 화자에 의
해 호출되어 시적 무대 위에 놓인다. 대개의 경우 '너'는 이
미 사라진 상태이며, '나'는 그런 '너'를 향한 그리움을 여

러 오브제를 통해 감각적으로 전달한다. 위의 시도 마찬가지인데, 거기에는 현실의 일상적 피로를 토로하며 "도망가고 싶다고 눈빛을" 맞추던 연약한 존재로서의 '너'가 등장한다. '나'는 그런 '너'를 현실로부터 지키지 못했음에 죄책감을 느끼고 있으며, 그렇기에 돌아올 수 없게 된 존재 '너'를 끝없이 기다리며 "밤낮을 채운다". 이 속에서 '나'가 느끼는 것은 고양이의 존재 양태로 비유되어진 "무엇에 매달려야 할까"라는 불안의 정서이다.

얼핏 보기에 이 시는 단지 상실한 대상에 대한 우울감으로 충만한 것처럼 보인다. 그도 그럴 것이, 화자는 '너'인 "J"가 "물속으로 꽃잎 속으로/ 아니면 단지 아주 먼 곳으로" 사라졌다고 기술하고 있으면서 기약 없이 '너'를 기다리는 것으로 자신의 하루를 채우고 있기 때문이다. 그렇기에 이처럼 기다림으로 채워진 '나'의 삶은 한편으로 무기력하고 수동적인 것으로 느껴지지만, 여기에서도 김새하의 시는 전혀 역설적인 효과 또한 이끌어낸다. 그것은 이와 같은 기다림이 시적 무대 위에 이미 사라진 존재인 '너'를 존재하게 만든다는 사실이다. 즉, 현실에서 사라진 '너'는 이와 같은 '나'의 기다림과 시적 호명 속에서 다시금 모습을 드러내며 자신의 존재를 유지하게 되는 것이다. 그렇다면 이와 같은 기다림을 과연 마냥 무기력하고 수동적인 것으로 이해하는 것은 결코 타당하다고 말할 수 없다. 오히려 이 기다림과 수동성이란 의지적인 것으로서 현실 속에서 사라진 '너'를 과거로부터 구출해 현재에 존재하게 만드는 행위라 할 수 있다. 바로 여기에 김새하가 쓰는 시의 독특한 미감과 개성이 존재한다.

인간이라는 존재가 완전함에 대한 믿음과 그리움이 내재된 불완전한 대지에 놓여 있으며, 그렇기에 시인은 필연적으로 서로 다른 두 풍경을 눈에 새긴 채 살아간다. 이것을 시인의 보편성이라 말할 수 있을텐데, 때문에 대개의 시인은 완전성이 손짓하는 그리운 과거와 불완전함에 내맡겨진 불안한 현재 속에서, 과거에 무한한 지위를 부여하여 현재를 비판적으로 바라보는 시적 태도를 견지하곤 한다. 물론 그와 같은 태도를 좋다/ 나쁘다와 같은 이분법적으로 말하기는 힘들 것이다. 하지만 이러한 세계에 대한 관점이 다수를 이루고 있다는 점을 생각해보자면, 그것이 결코 참신성을 내포하고 있다 말하기엔 저어되는 것이 사실일 것이다.

그런 의미에서 바라보자면, 김새하가 이와 같은 시편들을 통해 산출해내는 이중적인 효과는 조금 더 주목을 요한다. 예컨대, 그 또한 과거에 보다 높은 지위를 부여하면서 현실의 비정함에 대해 말하고 있기는 하나, 그로부터 역설적으로 미래를 향한 의지를 강력하게 피워올린다는 사실이 그것이다. 오히려 이와 같은 김새하의 진술법이란 과거를 회고하며 돌아가자 손짓하는 일련의 서정시인들과는 달리, 비참하고 잔인한 현재 속에서 과거를 구출해내고자 시도하고 있다고 평해볼 만하다. 즉, 조화로웠던 나날이 이제는 돌이킬 수 없는 과거라고 부정하는 것도 아니며, 그러니 과거로 돌아가자는 회고주의적 성격을 띠는 것도 아닌, 현재 속에서 쪼그라진 과거를 미래의 지점으로 부활시키는 것이다. 그것이 바로 「요정 이야기」에서 시적 화자가 드러낸 의지적인 어투이며 내용과 배치되는 「아힘사」라는 제목이 만들어내는 효과이자 「창문이 견딘 이유」의 기다림이 만들어내는 효과라고 할 수 있다.

　　조그만 섬이
　　손을 잡을 수 있다는 공문서를 받았다
　　외롭게 떠 있는 섬이 아니게 되고
　　바라만 보던 입장을 변경하고

　　기다림의 끝이 있을 줄 몰랐지만
　　짐작 못한 일이 벌어지는 것은
　　일 년에 두어 번 오는 태풍보다 설렌다

　　잡히지 않는 물고기를 잡지 못할 거라 생각하면서 잡고
있는 일
　　운동화를 걱정하면서 파도 가까이 발을 옮기는 일
　　섬에서 차 빼달라는 전화를 받는 일

　　바지락이 띄엄띄엄 박혀있다
　　하나 또 하나 둘 셋

　　갈매기의 눈을 뗀 가로등이 빛을 흘릴 때
　　귀를 막은 이어폰
　　호주머니에 찌른 손
　　까딱거리는 머리
　　흔들리는 어깨

　　걸음만큼 멀어지는

노래처럼 흩어지는
끊임없이 잊어야 하는 소리들

밤바다 사진 속 네 개의 불빛
비슷한 위치에 비슷한 크기지만
둘은 꺼지고 켜지기를 반복하고
둘은 새벽만 기다린다
둘은 배를 기다리고
둘은 길을 비춘다

바다 건너 바다로
기다림에 끝이 있다는 소식이 온다
―「학림도」 전문

　과거를 구출하여 미래의 지점으로 전환시키는 것. 우리는 이것을 너무나 손쉬운 일이라 착각하곤 한다. 그러나 이를 위해 수반되는 기다림이란 존재에게 너무나도 많은 에너지를 요구한다. 예컨대 기다림이란 과거가 되어버린 존재를 미래에 다가올 사건으로 재구성하는 일이고, 이를 위해서는 필연적으로 기다리는 자의 현재를 기다림이라는 행위를 위해 온전히 걸어야 한다는 대가를 요구한다. 이것은 단지 추상적인 이야기가 아니라, 아주 현실적인 층위에서 벌어지는 일이다. 기다림이란 단지 내가 여기에 버티고 있는 것만으로 이루어지지 않으며, 소망하는 대상이 언제고 이곳에 다가올 수 있도록 그를 위한 빈자리를 마련하는 진행형의 과제이기 때문에, 기다리는 자는 그를 위해 늘 빈자리를 마련해둔다. 이와 같은 빈자리는 그 자체만으로 '나'에게 유구한 에너지를 요구하는 한편, 그 대가로 상실을 끊임없이 상기시키며 그로인한 통증을 발생시킨다. 그러니 기다림이란 결코 수동적인 것이 아니라, 그와 같은 상실의 고통을 기꺼이 감내하는 능동적인 행위라 할 수 있다.

　김새하의 시 「학림도」의 마지막 구절 "바다 건너 바다로/ 기다림에 끝이 있다는 소식이 온다"는 것은 이와 같은 유구한 기다림이 전제될 때 비로소 들려오는 아스라한 사건의 예감이다. 그것을 위해 김새하의 시적 화자는 늘 현실을 걸고 과거를 구출하기 위해 투쟁한다. 그러니 이 시집에서 우리는 조화로운 과거로 말미암은 슬픔을 느끼며, 비정한 현실이 배태한 잔혹성에 슬퍼하면서도, 다만 그것에 머무르는 것이 아니라 현재에 의해 구출되는 과거를 비로소 목격할 수 있게 되는 것이다. 어쩌면 이것이 바로 김새하가 거듭 시를 써나갈 수 있는, 잔인하고 비정한 현재의 시간과 겨뤄나갈 수 있는 원동력인 것일지도 모르겠다. 즉, 과거를 다만 과거인 채로 내버려두지 않고 언제고 다시 다가올 미래의 사건으로서 구출해내고 말겠다는 의지 말이다. 그러니 우리는 그의 시를 읽으며 다만 언제고 이 기다림이 끝나리라는 것에만 주목해서는 안 될 것이다. 여기에는 늘 현실적 존재의 희생과 통증의 역사가 함께하고 있으며, 그러한 한에서만 과거는 다시 구출되어 우리의 눈앞에 모습을 드러낼 것이기 때문이다. 바로 그것이 현재 속에서 과거를 구출하는 방법이며, 우리의 미래가 마냥 슬픈 것만은 아님을 예감할 수 있는 유일한 길이기 때문이다.

김 새 하

김새하 시인은 경남 마산에서 태어났고, 2017년 계간 『시현실』에서 신인문학상을 수상하고 같은 해 최치원신인문학상을 수상하면서 계간 『시작』으로 등단하였다. 경남문협, 창원문협, 민들레 문학회 회원으로 활동하고 있고 영남시 동인이며 문예지 『시인들』에서 이사로 활동하고 있다.

사랑을 만나지 못하고, 꿈도 이루지 못하고, 무릎을 꿇고 사는 아찔한 절망감이 김새하 시인의 첫 번째 시집인 『도망칠 수 없다면,』의 주조음이 된다. 그의 시는 비가悲歌가 되고, "눕지 못하고 잠든 밤"처럼 "서 있는 아침을 산허리에서 만난다." 눈을 뜨고 있을수록 의식은 몽롱해지고, 이 몽롱한 의식을 자유로운 상상력을 통해 꿈과 현실을 오고 가는 언어의 유희를 펼쳐나간다. 서정과 반서정, 이성과 반이성, 자유와 구속, 기지와 역사철학적인 지식 등을 통해 매우 아름답고 독특한 시 세계를 구축해 나간다.

이메일: habin127@nate.com

김새하 시집
도망칠 수 없다면,

발　　행	2023년 3월 24일
지 은 이	김새하
펴 낸 이	반송림
편집디자인	반송림
펴 낸 곳	도서출판 지혜, 계간시전문지 애지
기획위원	반경환 이형권
주　　소	34624 대전광역시 동구 태전로 57, 2층 도서출판 지혜
전　　화	042-625-1140
팩　　스	042-627-1140
전자우편	eji@ji-hye.com
	ejisarang@hanmail.net
애지카페	cafe.daum.net/ejiliterature

ISBN	979-11-5728-500-6　03810
값	10,000원